Sphenis Cidae

Die Geschichte vom kleinen Delfin und seinem Pinguin

oder

Warum es manchmal nicht reicht, einfach nur grenzenlos zu lieben

© 2016 Phenis Cidae

Verlag: tredition GmbH, Hamburg

ISBN Taschenbuch 978-3-4179-7

ISBN Hardcover ISBN 978-3-4180-3

ISBN e-Book 978-3-4181-0

Für K.

Mein Herz, mein Leben,
meine Liebe.

Ich danke Dir für alles, was
Du für mich getan hast,
werde bitte endlich glücklich.

Geneigter Leser,

während ich eines lauen Sommerabends am Pier in Fort Lauderdale by the see dem Meer lauschte, säuselte es mir die folgende Geschichte ins Ohr, die ich gerne weitergebe.

Es gab einmal einen kleinen Delfin, der einsam gestrandet am Weg lag. Dort tauchte wundersamer Weise ein großer Kaiserpinguin auf, der ebenfalls einsam durch die Welt ging. Sie begegneten sich an einem grauen Dezembertag und fingen an, sich zu unterhalten. Beide hatten ihr Päckchen zu tragen, waren etwas traurig und enttäuscht von der Vergangenheit. So ergab es sich, dass sie sich fort-

an immer wieder für klei-
nere oder größere Wande-
rungen verabredeten und
sich nach und nach ihre
Lebensgeschichte erzähl-
ten. Eines Tages fanden
sie, dass sie ganz gut
harmonierten und auch die
Küsse schmeckten wun-
derbar – auch, wenn die
langen Schnäbel etwas
Schwierigkeiten beim Küs-
sen bereiteten.

Doch sie nahmen es mit Humor und fanden sich immer sympathischer – bis es Liebe wurde.

Doch wie war ihr Leben bis dahin verlaufen?

Delfine sind Herdentiere, die in größeren Gruppen leben, das nennt man eine Schule. So war es auch bei den Eltern des kleinen Delfins. Sie sahen und paarten sich und bekamen den kleinen Delfin. Doch schon in der nächsten Paarungszeit fand die Mutter des kleinen Delfins einen starken Tümmler mit dem sie sich paarte und die kleine Familie verließ um weiter zu ziehen. Wie es bei Delfinen so ist, war der Vater nicht wirklich traurig und fand auch jede Paarungszeit eine neue Partnerin mit der er jeweils eine schöne Zeit verbrachte. Nur der kleine Delfin litt darunter. Aufwachsend ohne leibliche Mutter, dafür ständig den Launen der neuen Partnerinnen ihres Vaters ausgeliefert, ungeliebt, gebissen und verstoßen, wuchs sie heran. Sobald wie möglich verließ sie die Sozialgemeinschaft um eigene Erfahrungen zu sammeln. Sie schwamm weit hinaus ins Meer um zu lernen.

Bei einem ihrer langen Ausflüge traf sie eines Tages auf einen stattlichen Tümmler vom anderen Ende des Meeres und verliebte sich sofort in ihn. Sie turtelten und trafen sich so oft sie konnten. Da aber die eigentliche Heimat der beiden weit auseinander lag, war dies nur ein paarmal im Jahr. Aber die Zeit war unheimlich schön, so konnte sie auch darüber wegsehen, dass er in seiner Heimat andere Weibchen hatte.

Eines Tages stellte sie fest, dass sie trächtig war. Voller Freud erzählte sie es dem Tümmler und war wie vor dem Kopf geschlagen, als er sie daraufhin nur still verließ und nie wieder etwas von sich sehen oder hören ließ. Einsam und erneut von der Liebe enttäuscht zog sie ihren Nachwuchs auf.

Nachdem die große Trauer vorbei war traf sie auf einen einsamen Delfin der sich nicht traute Delfinweibchen anzusprechen, deswegen hatte er noch nie die Freuden der Liebe erlebt. Er dauerte sie und sie verbrachten immer mehr Zeit miteinander. Und da sie mit den Freuden der Liebe ob der großen Enttäuschung abgeschlossen hatte, taten sie sich als Gemeinschaft dauerhaft zusammen, wobei allerdings auch ein weiteres Delfinkindchen hervorging. Ihre Zeiten waren sorglos, doch fehlte dem kleinen Delfin irgendetwas, ohne dass sie wirklich mitbekam, was es

war. Es war eher eine Sehnsucht nach dem großen
Glück.

Der Pinguin wuchs in einer Kolonie auf, in der er nie alleine war. So wuchs er behütet heran, lernte die Aufgaben der Pinguine, paarte sich als es an der Zeit war und bewachte insgesamt vier Eier. Die Kolonie wurde größer, aber doch war er nie wirklich glücklich.

Eines Tages traf ihn der Blitz, als er ein fremdes, besonderes, Pinguinweibchen sah. Auch ihr erging es ähnlich, so dass der weitere Verlauf vor-

gezeichnet war. Sie verbrachten einige sehr glückliche Po-
larwinter, bis ein starker Win-
terwind sie trennte und der
Pinguin mit seiner Brut alleine
da stand. Das Weibchen ward
nie wieder gefunden, was ihn
in Trauer erstarren ließ.

In diesen Zuständen trafen sich dann eines Tages der kleine Delfin und der Pinguin und die Geschichte begann.

Sie gingen durch schöne Zeiten und schwere Zeiten, doch sie fanden irgendwie immer wieder zueinander. Manchmal waren die Wege sehr steinig, aber sie verloren sich nie aus den Augen.

33

Sie schnäbelten, sie redeten, am liebsten aber fühlten sie die Haut des ungewöhnlichen Partners. Obwohl sie so unterschiedlich waren, schlug ihr Herz im Einklang. Sie schwammen unendliche Strecken ohne sich je aus den Augen zu lassen.

Sie verbrachten wunderschöne Zeiten, schmiedeten die unmöglichsten Pläne für die Zukunft und freuten sich darauf.

Ihr Traum war, eines Tages zusammen nach Hawaii oder Las Vegas zu reisen, vielleicht sogar zu heiraten.

Auf jeden Fall wollten sie schnell ihre Nester zusammenlegen.

Aber auch der Pinguin und der kleine Delfin hatte ihre Brut, die sie zu versorgen hatten, sowie andere Umstände des Lebens. Es gab also Zeiten, in denen sie nicht schnäbelnd zusammen sein konnten. Das tat ihnen weh und beide hatten in den Zeiten manchmal Angst davor, den anderen zu verlieren. Dies führte dann zu unlogischen Reaktionen. Aber da sie immer wieder miteinander sprachen überwanden sie alle Probleme. Sie schafften es immer wieder, zueinander zu finden und ihre Familien beieinander zu halten.

Der gestrandete kleine Delfin wurde vom melancholisch umherstreifenden Pinguin am 06. Dezember 2013 gesichtet. Es war ihm sofort klar, dass da etwas nicht stimmte. Die Gewässer waren zu gefährlich für ein solch zerbrechliches Wesen. Er rief ihr zu einzuhalten und umzudrehen, aber zunächst verstand der kleine Delfin den Pinguin nicht. Der kleine Delfin fand den Pinguin aber interessant, so begann das erste gemeinsame Gespräch, an dessen Ende sie sich für ein weiteres Treffen in sanfteren Gewässern ver- abredeten.

In der Folgezeit sprachen sie täglich, manchmal kurz, manchmal lange. Sie erzähl- ten sich Geheimnisse aus dem jeweiligen Leben, die sie noch niemand anderes gesagt hatten. Das brachte unbe- merkt eine Verbundenheit zwischen Ihnen, die extrem stark war.

Sie redeten während sie Seite an Seite durch das Meer schwammen und es nahm beiden die Last der bisher im Leben gemachten Enttäuschungen.

Ein Problem war, dass das Meer ja sehr groß ist uns sie sich schon immer genau zur gleichen Zeit am gleichen Ort treffen mussten. Da dies auch schon einmal durch äußere Umstände misslang, kamen sie auf eine Idee.

Stundenlang schleppten sie Steine heran und schichteten sie zu einem kleinen Berg zusammen. Mit Hilfe diese Steine konnten sie Wörter bilden und somit Nachrichten für den anderen hinterlassen.

In der Folge fanden sie immer mehr Gefallen daran, so dass sie sich auch ohne Not Nachrichten schrieben, einfach zum Gedankenaustausch oder als kleine Liebesbotschaft.

So legte der kleine Delfin im
März 2014 dem Pinguin die
Worte:

*„Gerade in der größten Ver-
zweiflung hast Du die Chance,
Dein wahres Selbst zu finden.
Genauso wie Träume lebendig
werden, wenn Du am wenigs-
ten damit rechnest, wird es
mit den Antworten auf jene
Fragen sein, die du nicht lö-
sen kannst.
Folge Deinem Instinkt wie einem Pfad der Weisheit, und*

lass die Hoffnung deine Ängste vertreiben"

Nach vier Monaten wurden sie ganz gewagt. Sie verabredeten sich für einen längeren Ausflug und brachten jeweils ihre Brut mit, ohne diesen zu erläutern, wie es um sie stand.

Diese Zeit brachte den kleinen Delfin nahe an die Kinderpinguine, auch der Pinguin gewann das Herz der beiden kleinen Delfindamen.

Da sie umständehalber ja nicht dauerhaft zusammen waren, war ihr Herz in den Zeiten der Trennung immer schwer. Aber sie schafften es einander das Vertrauen zu geben, dass auch in diesen Zeiten die geistige Nähe vorhanden war. Dies gelang auch insbesondere mit den immer häufiger werdenden Nachrichten, wie zum Beispiel die Folgende:

„Liebster,

danke für Deine Gedanken.

Oft denke ich, dass wir uns solche Dinge kaum schreiben würden, wenn wir immer zusammen wären, und irgendwie finde ich das immer wieder schön Deine Gedanken zu lesen. Im Gegensatz zu vergangenen Zeiten mit Dir denke ich inzwischen positiv nach einer (meist kurzen) Trennung, da ich spüre, dass wir beide gemeinsam das Bedürfnis haben, uns bald wiederzusehen – sei es für spontanes Schwimmen oder wie heute Abend. Dieses Vertrauen hast Du mir gegeben, vor allem auch, als Du letztes Wochenende zum Korallenriff musstest (da hatte ich überhaupt kein „schlechtes Gefühl" mehr) Ich denke, dass das auch umgekehrt der Fall ist, sodass wir uns ganz auf unsere Beziehung und ohne Vorbehalte zu Partnern in der Vergangenheit konzentrieren können."

Das war die Zeit, in der sie sich, zunächst unbemerkt, ineinander verliebten.

Ein außergewöhnlicher Umstand wenn man bedenkt, wie verschieden sie waren, aber Liebe ist durch nichts aufzuhalten.

In der Folge trafen sie sich weiter oft, meistens ohne ihre Brut um die traute Zweisamkeit still genießen zu können. Bei diesen Zusammenkünften fiel dem Pinguin immer öfter auf, dass der kleine Delfin sich zeitweilig abwandte von ihm und wie zu erstarren schien. Eines Tages hielt er diese Ungewissheit nicht mehr aus und er fragte den kleinen Delfin, was es damit auf sich habe.

Der kleine Delfin erläuterte ihm, dass es eine seltene Delfinkrankheit sei. Es hatte sie bereits viele Jahre zuvor ereilt, wurde aber in einer Delfinstation geheilt. Nun träten die Schmerzen wieder auf, genau wie früher.

Dem Pinguin zerriss es das Herz hier nichts tun zu können. Er redete auf den kleinen Delfin ein, noch einmal zu dieser Delfinstation zu schwimmen. Bestimmt würde ihr wieder geholfen.

Es dauerte eine Zeit bis seine Worte Gehör bei dem kleinen Delfin fanden und trotz ihrer Angst vor den Menschen dort schwamm sie im Sommer 2014 wieder hin.

Dort untersuchte man sie gründlich, fand heraus was es war und half ihr erneut. Leider reagierte der kleine Delfin nicht so gut wie vor Jahren auf die Medikamente, die man ihr gab und sie verfiel in eine abgrundtiefe Traurigkeit. In diesem Zustand bat sie den Pinguin, sich um ihre erste Tochter zu kümmern falls ihr eigentlicher Gefährte dies nicht machen wollte. Der Pinguin willigte ein.

Daraufhin teilte der kleine Delfin dem Pinguin mit, dass er aus dem Leben scheiden wolle.

Dies weckte so starke Kräfte der Liebe in dem Pinguin, dass er alles unternahm um dem kleinen Delfin neuen Lebensmut einzuhauchen, was erst langsam gelang.

So legte sie ihm kurz nach ihrer Rückkehr mit den Steinen die Worte:

„Liebster,

es war mir wirklich ernst vorhin, dass ich es verstehen könnte, wenn du ganz gehen würdest. Ich möchte nicht, dass du aus Mitleid bei mir bleibst!!! Ich bin seit Wochen keine tolle Partie und es fällt mir schwer zu verstehen, weshalb ich dir so viel bedeute!

Du hattest die große Hoffnung, dass ich nach der Be-
handlung schmerzfrei bin –
nun habe ich dich darin enttäuscht und du hast noch
nicht einmal die Möglichkeit
mit mir zu schnäbeln obwohl
du das so sehr „brauchst"!
Ich fühle wegen beidem zu-
sätzliche Traurigkeit und als
ob ich „versage" – auch dies-
bezüglich.
Im Dezember hattest du mich
als fröhlicher kleiner Delfin
kennengelernt – jetzt bin ich
das Gegenteil – von kurzen

positiven Momenten abgese-
hen. Das macht mir zu schaffen, ich kann es nicht ab-
schalten so zu denken. Auch,
dass dich so ein Verhalten
über kurz oder lang von mir
entfernt. Du hast fröhliche
und unbeschwerte Zeiten
verdient, und es tut mir sehr
leid, dass ich dir diese kaum
geben kann!!!
Ich werde zwar wieder stark
und fröhlich durchs Leben
schwimmen, habe jedoch
meine Bedenken, dass es
dann zu spät sein wird für

uns. Ich muss dir das sagen, damit du weißt, dass ich es verstehen werde, wenn du es nicht mehr aushalten kannst ...

Danke für alles, was wir bisher an gemeinsamen schönen Momenten hatten und dass du mir in der schwierigen Zeit beigestanden hast. Ich hätte das zwar umgekehrt genauso getan, sehe es jedoch nicht als etwas Selbstverständliches an.

k.D."

Umso grösser wurde die Freude der beiden, dass sie sich noch schnäbelnd lange treffen konnten. Sie erreichten dies, indem sie die Kommunikation zwischen ihnen, wenn auch manchmal mit Pausen, aber letztendlich doch nie abreißen ließen. Zu groß war auch ihre Sehnsucht nacheinander.

Für den Pinguin war es ein herrlicher Spätsommer mit dem kleinen Delfin. Sie schwammen, sie redeten, sie schnäbelten ohne auf Ihre Umwelt zu achten.

Zu seinem Glück sprach sich der kleine Delfin mit ihrem Partner aus und diese trennten ihre Jagdreviere womit sich der kleine Delfin allerdings alleine um seine beiden Töchter kümmern musste.

Was dem Pinguin verborgen blieb war, dass die immer von ihm so geliebte sanfte Seele des kleinen Delfins stark darunter litt, dass sie ihrem Partnerdelfin seinen Traum einer eigenen Schule zerstört hatte. Sie machte sich dunkle Gedanken, dass dies aus ihrer Eigensucht heraus passierte und sie ihm nicht dankbar genug gewesen war.

So fing sie an, rauschbringende Algen zu fressen, wenn sie abends mit ihren dunklen Gedanken alleine war um diese zu vertreiben.

Auch dies fiel dem Pinguin zunächst nicht auf, da er ja bei Anbruch der Dunkelheit bei seiner Brut sein musste auf dem Packeis, wo der kleine Delfin nicht hin konnte.

Gerade diese Algen brachten den kleinen Delfin immer wieder in Situationen, aus der er vor Weltschmerz keinen Ausweg mehr sah und sogar bereit gewesen wäre, seine Brut alleine in den Meeren zu lassen. So schrieb sie dem Pinguin nur ein paar Tage nach der Genesung folgenden Steinbrief:

„Liebster,

ich war innerhalb kürzester Zeit

von den Algen so berauscht und die Trauer übermannte mich wieder. Aber ich hatte das Versprechen im Kopf an Dich, mir nichts anzutun.

Dennoch nahm ich von den Muscheln (die man zum Schlafen nimmt) etliche ein, plus noch eine die mir die Delfinstation mitgegeben hat-

te. Deshalb habe ich wohl zwei Tage und Nächte durchgeschlafen. Anscheinend habe ich Dir gestern noch einen Abschiedsgruß geschickt – ich hatte mir eigentlich mehr meine Gedanken in diesem Moment aufgeschrieben!

Entschuldige bitte, ich bin einfach völlig aus der Bahn geworfen und traurig darüber, dass ich so tief drin hänge.

Noch habe ich meinen Kampfgeist nicht gefunden, aber ich hoffe, bald wieder stärker zu sein.

Ich liebe Dich.
k.D."

Trotz aller Widrigkeiten schafften sie es sich immer wieder zu treffen und die Kraft der gegenseitigen Liebe schaffte es, dass sie sich wieder ganz aufeinander einließen.

Dennoch plagten den kleinen Delfin auch die düsteren Gedanken, dass sie aufgrund ihrer Probleme dem Pinguin ein schöneres Leben verhindern würde. So teilte sie ihm eines Tages mit, dass er sich doch besser ein Pinguinweibchen nehmen sollte, das würde besser zu ihm passen.

Die Antwort des Pinguins war:

„Geliebter Engel,
was Du in unserem Gespräch
vom Wochenende übersehen

hast, ist, dass ich kaum eine Möglichkeit habe, Dich einfach zu verlassen und mir ein anderes Weibchen zu suchen. Ich will es auch gar nicht.

Ohne Zeremonie oder sowas bist Du meine Frau geworden. Und wie es im Spruch so schön heißt, gilt das nicht nur für schöne Tage!

Es war einfach zu viel für Dich dieses Jahr. Das hat dein positives und fröhliches Gemüt in den Hintergrund gedrängt und lässt es derzeit nicht mehr hervor.

Dicke Küsse
Pinguin"

Für den Herbst hatten die beiden sich zu einem langen Ausflug in warme Gewässer verabredet. Dort hielt sich der kleine Delfin immer schon gerne auf, es entsprach ihrer Art.

Es wurde ein wunderschöner Ausflug, der ein jähes Ende nahm.

Während der Pinguin auf Jagd nach seinem Essen war bekam der kleine Delfin so heftige Sehnsucht nach ihm, dass sie wie von Sinnen wieder rauschbringende Algen fraß. Aber diesmal in einem Ausmaß, dass es fast tödlich wurde.

Kurz bevor der kleine Delfin sein Leben deswegen aushauchte fand der zurückgekehrte Pinguin sie so vor. Außer sich vor Sorgen packte er den kleinen Delfin mit seinem Schnabel an der Flosse und schleppte sie bis zur Delfinstation, wo die Menschen sie fanden und sofort Hilfe leisteten.

Auch wenn es gut ausgegangen war, so traf dieses Erlebnis den Pinguin elementar. Es wurde ihm klar, welche Probleme das äußerst sensible Wesen des kleinen Delfins diesem bereitete. Es wurde ihm auch klar, dass er sie auf absehbare Zeit niemals rund um die Uhr begleiten konnte. Dazu forderte auch sein Brut und das alltägliche Leben zu viel Zeit und Aufmerksamkeit. Er war kurz davor, an dieser Erkenntnis zu verzweifeln.

Hilfe konnte auch in diesem Drama dem kleinen Delfin nur von der Delfinstation geboten werden. Der Pinguin sprach den kleinen Delfin darauf an. Der kleine Delfin schüttet ob ihrer Liebe zu ihm sein kleines Herz aus. Bei ihren Gesprächen hierüber wurden sie sich einig, dass dies die einzige Möglichkeit wäre, dauerhaft sorgenfrei miteinander das Meer durchschwimmen zu können.

So begab sich der kleine Delfin im Winter 2014 erneut in die Obhut der Menschen in der Delfinstation, die sie auch mit viel Liebe und Geduld da-

zu brachten, ihre Schuldgefühle dem Delfinpartner ge-
genüber weitestgehend zu
verarbeiten und sich somit
von den suchtbringenden Algen zu trennen.

Immer wenn es ihm möglich
war schwamm der Pinguin zu
ihr um ihr die Zeit zu verkür-
zen und einen Rückschlag zu
verhindern. Er brachte ihr
immer wieder Liebesbeweise,
ertrug ihre schlechten Launen
ob der Unterkunft, es war
dennoch eine intensive Zeit,

die wohl eine positive Ände-
rung brachte.

Dachten alle!

Ohne Vorwarnung traf den
kleinen Delfin zu Weihnachten
2014 ein so heftiges Verlan-
gen nach der Gesellschaft des
Pinguins, dass sie wie im
Rausch ihre Brut alleine zurück ließ und zu ihm
schwamm.
Völlig entkräftet fanden andere Pinguine sie am Strand, da
sie versucht hatte wie ihrem

Wahn über den Strand zu ihrem Pinguin zu gelangen. Ein unsinniges Unterfangen, aber es trieb sie eine unbekannte Macht dazu.

Die Pinguine packten sie und schleppten den kleinen Delfin erneut zur Delfinstation wo ihr erneut geholfen wurde. Der kleine Delfin wurde dort wieder aufgepäppelt und anschließend wieder dem Meer übergeben.

„Lieber Pinguin,

ich weiß nicht, wieviel Du von der fürchterlichen Nacht mitbekommen hast. Ich werde dazu auch jetzt nur das Nötigste schreiben und Dich in Ruhe lassen.

Damit keinerlei Missverständnisse in dieser Hinsicht entstehen möchte ich dir jetzt mitteilen, dass ich in meiner Verzweiflung am Freitag früh von der Delfinstation den Vater meiner zweiten Tochter gerufen habe, weil die Töchter ganz alleine waren.

Ich hatte nach dem Fressen der üblen Algen versucht zu Dir zu gelangen, was mir nicht nur die Sinne, sondern auch fast das Leben geraubt hätte. Er kam vorbei mit den beiden kleinen und hat mich dort herausgeholt. Heute kommt eine andere Delfinfrau zu mir, da ich nicht alleine bleiben möchte.

Ich bin traurig, Dir auch das wieder angetan zu haben.

Dein k.D."

Die den kleinen Delfin immer wieder überkommenden Schuldgefühle und Ängste wurden durch unendliche Gespräche zwischen dem Pinguin und den kleinen Delfin erörtert. Dies tat dem kleinen Delfin sehr gut und der Pinguin erfreute sich ob ihrer immer stabiler werdenden Verfassung.

Was der Pinguin allerdings nicht wusste war, dass der kleine Delfin die Ängste und Schuldgefühle auch zu einem großen Teil abends, wenn sie den kleinen Delfin überkamen, wieder mit den rauschbringenden Algen bekämpfte. Dies gelang lange Zeit auch ganz gut, bis im Frühsommer 2015 dem Pinguin ein verändertes Wesen seines geliebten kleinen Delfins auffiel.

Darauf vom Pinguin angesprochen gestand der kleine Delfin unter Tränen, was los war. Auch dass der kleine Delfin abends alleine keinen anderen Weg mehr fand seine

Schuldgefühle und Ängste auszuhalten ohne diese Algen zu fressen.

Der Pinguin war abgrundtief traurig ob diese Situation und grübelte sehr lange Zeit darüber nach, wie er denn dem kleinen Delfin helfen konnte. Am Ende verblieb ihm nur noch eine extreme Lösung: er musste sich das Herz rausreißen und den kleinen Delfin nie wieder sehen in der Hoffnung, dass dies für den kleinen Delfin ein solcher Schock sein möge, dass er wieder in gesunde Lebensweisen finden möge.

So verließ er unter Schmerzen den kleinen Delfin und ließ sich von diesem nicht mehr auffinden.

Es brach beiden das Herz.

Während der Pinguin sich mit seiner Brut einsam auf die Eisscholle zurück zog und nicht mehr ins Meer fischen ging, weil er dort befürchtete

dem kleinen Delfin zu begegnen und wieder schwach zu
werde, schwamm der kleine
Delfin unablässig auf der Suche nach dem Pinguin durchs
weite Meer.

Aber da ihre Herzen nie wirklich getrennt waren, kam was
kommen musste.

Eines Nachts (er jagte nur
noch nachts weil der da den
kleinen Delfin bei ihrer Brut
wusste) kam ihm unerwartet
der kleine Delfin im Meer ent-

gegen. Beide waren zunächst reserviert, fingen aber, wie es ihre liebevolle Art war, wieder an, miteinander zu sprechen. Erst kurz, dann mehr und schließlich wie sie es immer getan hatten.

Dabei kam heraus, dass die „List" des Pinguins wirklich geholfen hatte. Der kleine Delfin hatte sein Quartier in eine Gegend verlegt wo es in weiter Entfernung keine Algen gab und mied diese auch auf der Jagd weiträumig.

„Lieber travriger Pinguin,

ich möchte dir jetzt ein paar Dinge schreiben, die mir auf dem Herzen liegen. Es ist nun eine Zeit der Besinnung, die uns beiden gut tut, wenngleich sie auch schmerzhaft ist.

Es ist mir selbst, durch deine Zeilen (und auch durch Gespräche mit zwei besten Freundinnen) in den letzten Tagen einiges bewusst geworden, was ich vorher nicht wahrgenommen hatte.

Ich habe nur noch mich gesehen und meine Probleme, negative Sicht auf die Vergangenheit und die Zukunft gehabt - aber dich und die Kinder bzw. positiven Dinge habe ich nahezu völlig ausgeblendet. Es war richtig von dir, mir zuletzt die schonungslose Wahrheit zu schreiben; du hast damit einiges in Bewegung gesetzt.

Mittlerweile ist mir auch klar geworden, dass es für dich eine Enttäuschung war, mich immer wieder zu erleben, dass ich es dann doch nicht ganz schaffte, mit den Algen aufzuhören. Ich weiß nun auch, warum das ein großes Problem für dich ist. Du hast andere erlebt bzw. das, was der Algenmissbrauch aus ihnen machte und was dadurch auch deine Jungen erleben mussten. Es hat dazu geführt, dass du seitdem die volle Verantwortung für deine

Söhne übernehmen musstest.
Ich erinnere mich jetzt wieder
daran, wie wütend du warst
(wegen meiner Mädels), als
ich mal im Nest in der Ecke
ein paar der Algen hatte liegen lassen; damals konnte
ich das nicht nachvollziehen.
Aber es wird wohl etwas an
Bildern Deiner Vergangenheit
in dein Bewusstsein gekom-
men   sein.

Du   hattest   nach   deiner
Krankheit fast keine Ver-
schnaufpause - Aufbau deiner

Familie, Sorge um die Jungen etc. haben viel Kraft und Durchhaltevermögen gekostet und es ist nun auch nicht viel besser. Dazu noch Sorgen wegen des einen Jungen. Zusätzlich noch Stress im Rudel.

Dann lernten wir uns kennen - damals war ich noch eine lebenslustige Delfinfrau, die dir wieder Kraft und Freude sowie Zuversicht ins Leben brachte - und wenig später leider so nach unten rutschte. Du hast wirklich enorm viel

Kraft und Energie in mich ge-
steckt, und ich bin in eine Art
Zustand geraten, in der ich
mich selbst aus den Augen
verlor. Es muss für dich
schrecklich gewesen sein,
dass ich dich auf "unserer
Hochzeitsreise" mit etwas so
schrecklichem wie Suizidver-
such konfrontiert hatte. Und
dennoch hattest du nie die
Hoffnung aufgegeben, dass
ich mich wieder fangen würde. Ich nehme an, dass dich
vielleicht auch Schuldgefühle
aus Deiner Vergangenheit,

weil ich mit so einer überzogenen Reaktion auf dein Schreiben reagierte. Ich werde im fernen Meer meinen Frieden schließen und das Kapitel endgültig abhaken. Es macht keinen Sinn mehr in der Vergangenheit zu hängen und mich mit Selbstvorwürfen kaputt zu machen - es hat lange genug gedauert. Aber ich kann das nur an diesem Ort, und deshalb bedeutet mir diese Reise so viel. Dennoch wirst du diese Bilder in deinem Kopf behalten, und hattest (ohne dass ich es ahnte) ständig Angst um mich. Weitere Überreaktionen (25.12.14) meinerseits haben dich belastet - mehr als ich mir vorstellen konnte.

Ich war noch nicht lange von der menschlichen Delfinstation zurück und war keinesfalls stabil.

Ich möchte mich jetzt nicht mehr für mein Verhalten entschuldigen, aber dir klar machen, dass ich nun in der Lage bin, die Dinge aus deiner Sicht zu sehen, und nicht nur aus meiner. Und deshalb verstehe ich dich jetzt auch, sehe alles was du getan hast und weshalb du so müde bist. Es muss für dich gewesen sein, wie gegen eine Wand zu laufen. Und es hat über Monate dazu geführt, dass du viel Kraft verloren hast. Ich habe mich oft von deiner Stimmung verwirren lassen, wurde unsicher, schlussendlich hatte ich nur noch Angst davor, wieder irgendwelche

Auseinandersetzungen zu ha-
ben, die für uns beide nicht
gut waren. Ich denke, es ging
dir   genauso.

Ich habe nun eine klare Vor-
stellung von wichtigen Din-
gen, und heute habe ich eini-
ges in die Hand genommen,
um das Leben wieder anzu-
packen.

Ich habe mich für professio-
nelle Hilfe entschieden (ich
werde regelmäßig zu der Del-
finstation schwimmen, weil es

mir dort durch die Menschen irgendwie besser geht; und das erst einmal ein Jahr). Außerdem habe ich vor, mit meinen Mädels zu reden. Insbesondere die Große hat enorme Ängste, mich zu verlieren. Wir reden sehr viel miteinander und sie ist so froh darum, dass wir das tun (ich natürlich auch). Außerdem habe ich mir enge Zeitfenster gesetzt, nicht mehr von den Algen zu fressen. Etwas, das ich früher schon einmal getan habe: kleine

Schritte, so wie ich es dir mal erläutert hatte. Jetzt heißt es erstmal bis zu meiner Reise in das ferne Meer keine Algen mehr zu fressen, dann dort nicht usw. Sollte ich es nicht schaffen und wieder "einbrechen", werde ich auch da die Delfinstation zur Hilfe in Anspruch nehmen - das als Stütze im Kopf zu haben ist gut. Ich bin zwar körperlich nicht abhängig, aber es könnte kommen (auch, wenn ich "nur" 2 oder 3 Algen pro Tag fressen würde), und soweit *möchte ich es einfach nicht mehr kommen lassen. Es war mir die größte Hilfe, dass du in meiner Anwesenheit keine Algen frisst, dieses gemeinsame Handeln gibt mir Kraft.*

Außerdem habe ich noch weitere Ideen, für mein weiteres Leben. Das werde ich nun auch in Angriff nehmen.

Ich habe in den letzten Tagen gesehen, wie stark die Bindung zu meinen langjährigen Freundinnen sein kann bzw.

ist, und das ist sehr schön. Mit meinem Papa hatte ich ein langes Gespräch (er weiß jetzt alles von uns), und wir werden am Wochenende sicherlich einiges besprechen. Er hatte mir gesagt, dass er sehr unter der Tatsache litt, dass ich letztes Jahr mit ihm eine Zeit lang keinen Kontakt wollte - so ist es auch für ihn schön, wenn er mich wieder hat.

Was auch immer in der Zukunft geschieht, und auch

wenn es sehr schmerzt, dass wir uns nicht sehen, so bin ich doch froh darum, dass wir nun beide die Möglichkeit haben wieder zu uns zu finden. Ich hatte auch überlegt dir vorzuschlagen uns eine Auszeit voneinander zu geben - ich hatte es nur nicht fertig gebracht.

Und eines Tages werden wir uns wieder begegnen uns in die Augen sehen und neue Kraft darin entdecken.

Es hat mein Herz gewärmt, dass du den Ring noch an der Flosse trägst. Und ich bin froh, die Herzkette wieder tragen zu können - sie war schon immer (und ist es noch) mein Glücksbringer. Sie hat einen großen Wert für mich, der nicht bezahlbar ist.

Ich umarme dich jetzt einfach mal und drücke dich an mich. Alles Liebe für dich.

k.D."

Innerhalb kurzer Zeit wurde das Verhältnis zwischen den beiden wie früher, ja vielleicht noch inniger.

Sie fingen an (was sie früher nur kurz und eher scherzhaft getan hatten) über eine gemeinsame Zukunft zu sprechen. Die Brut des Pinguins war kurz davor, das Nest zu verlassen, so dass er nicht mehr wirklich gebraucht wurde. Sie träumten davon, in kurzer Zeit ein Nest dauerhaft teilen zu können und auch sich das Versprechen fürs Leben zu geben.

Es wurde ein langer, wunderschöner Spätsommer 2015 für die beiden. Jede freie Zeit verbrachten sie in Liebe und Eintracht miteinander, hatten Spaß zusammen, führten lustige und ernsthafte Gespräche und wähnten sich im Himmel.

Als der Winter immer kälter wurde, verbrachten sie sogar

einige Zeit zusammen mit ihrer Brut in wärmeren Gewässern, blödelten herum und genossen einfach ihre Liebe zueinander.

Aber das Schicksal ist ein mieser Verräter.

Gegen Ende des Winters überfielen räuberische Feinde das Nest des Pinguins und drohten, alle kleinen Pinguine zu fressen.

Außer sich vor Angst um seine doch noch hilflose Brut traute sich der Pinguin nicht mehr von der Eisscholle weg um sie zu bewachen.

Da zeigte sich, dass der kleine Delfin seine ureigensten Ängste doch noch nicht überwunden hatte. Der kleine Delfin dachte, der Pinguin hätte ihn verlassen und wurde rasend vor Schmerz. Ein für den kleinen Delfin unerträglicher Schmerz. Da beschloss der keine Delfin den Pinguin aus freien Stücken zu verlassen.

Lieber selber gehen und lange Zeit den Schmerz zu verspüren als dass sie ihren Pinguin wirklich verlieren würde und den Schmerz darüber nie mehr los zu werden. Zu oft war dies dem kleinen Delfin in ihrem Leben schon passiert, sie wollte es einfach nicht mehr.

Aber nachdem die räuberische Bande die Gefilde der

Pinguine wieder verlassen hatte, machte sich der Pinguin auf die sehnsüchtige Suche nach dem kleinen Delfin. Er wusste wo er suchen musste und fand sie kurz darauf wieder.

Der kleine Delfin hatte jedoch Angst vor einer erneuten Vereinigung. Doch sie taten, was sie immer getan hatten. Sie redeten miteinander, erst kurz, dann mehr und dann wieder ohne Unterlass. So fanden sie wieder zu alter

Vertrautheit und Verbundenheit.

Das Leben hätte so wunder-
schön sein können, wenn
nicht eines Tages eines der
Jungen des Pinguins einen
Unfall gehabt hätte.

Sicherlich kümmerte sich der
Pinguin um ihn, aber es zeigte sich eine unerwartete Än-
derung. Da das Junge fast
schon erwachsen war, war die
Fürsorge des Pinguins um ihn
eine solche, wie man sie je-

dem anderen Lebewesen an-
gedeihen würde. Trotz Vater-
liebe sehnte er sich nach dem
kleinen Delfin, wohl wissend,
dass das Junge sich selber
helfen könne.

Doch die Erlebnisse der Vergangenheit holten sie ein. Der
Delfin dachte immer an die
Erfahrung mit dem Tümmler
wenn sie ihre erste Tochter
sah und an den Schmerz, den
die Trennung mit sich brachte. So bekam sie Angst vor
der Zukunft, vor einer neuen

Trennung, vor einem neuen Schmerz. Sie wollte es nie wieder erleben. So entschied sich der kleine Delfin weinend dafür, den Pinguin zu verlassen um einem weiteren unerträglichen Schmerz zu entgehen.

Deswegen schrieb sie ihm einen letzten Abschiedsbrief:

„Im Märchen gibt es immer ein schönes Ende, aber das Leben schreibt oft etwas anderes vor. Und so bleibt es dem kleinen Delfin nur, sich von seinem großen Pinguin zu verabschieden und ihm zum Schluss noch etwas Schönes mit auf den Weg zu geben:

„Ich danke dir für deine wundervolle Freundschaft, deine Wärme, deine Liebe, deine Unterstützung, dein

Lachen, deine Gespräche, deine Liebkosungen, die gemeinsamen Reisen und Wanderungen, die gemeinsamen Träume, die wir uns gegenseitig erzählten". „Danke, liebster Pinguin, dass du mich ins Leben zurückgebracht und mir Liebe gegeben hast. Ich war manchmal zickig und nicht so, wie du es dir erträumt hast – und so habe ich es auch bei dir erlebt.

Liebe heißt aber auch, den Geliebten ziehen zu lassen, wenn es soweit ist."
Und das werde ich jetzt tun, in der Gewissheit, dass du glücklich dein Leben gehen wirst.

Ein letztes Mal noch möchte ich dir sagen „Ich liebe Dich"."

Dein Delfin"

Und damit schwamm sie an ein anderes Ende des Meeres.

Der Pinguin war außer sich vor Schmerz. Er durchsuchte alle Ecken der Meere, fiepste ohne Unterlass „Wo bist Du, mein Herz", fand sie aber nie wieder.

So blieb er einsam bis der Schmerz der Liebe ihn dahin raffte und er mit den Worten „Danke Dir, mein Herz" auf dem Schnabel einsam in der Kälte des Meeres erstarrte.

An dieser Stelle hörte das Meer auf, die Geschichte zu säuseln. Ich aber werde regelmäßig wieder zu dieser Stelle fahren um vielleicht eines Tages zu hören, ob es doch noch eine wundersame Fügung gegeben haben sollte.

Ich werde berichten.....

Euer

Sphenis Cidae

Nachwort

Diese Geschichte ist wirklich passiert. Zwar nicht mit einem kleinen Delfin und einem Pinguin (wobei, wer weiß es schon?) und auch nicht im Meer.

Ich habe dieses Buch geschrieben um vielleicht anderen Menschen in ähnlichen Situationen zu zeigen: ihr seid nicht alleine, das sind alltägliche Dramen die ablaufen. Es mögen ihnen Mut und

Kraft geben, die ich am Ende nicht mehr hatte oder eher: nicht mehr haben durfte.

Ich habe es aber auch geschrieben um meinen kleinen Delfin etwas zu sagen, was ich ihr eigentlich nicht sagen darf, da sie es mir verboten hat:

Ich habe dich geliebt, ich liebe dich und werde dich weiter fest in meinem Herzen tragen.

Wenn du mich mal brauchst, wenn dir danach ist oder einfach nur so: melde dich bei mir und sei nicht schamhaft oder zu stolz. Wir werden immer füreinander da sein.

Von deinem Mann an seine Frau

Alles wird gut …